KB099486

코끼리 주파수

코끼리 주파수

김태형 시집

창비

당신에게, 그리고 못다 한 말은 나에게

차례

어느덧 나는 내 소용돌이 안쪽으로 떠밀려 와 있다

—김명인 「침묵」 중에서

당신 생각

필경에는 하고 넘어가야 하는 얘기가 있다
무거운 안개구름이 밀려들어
귀밑머리에 젖어도
한번은 꼭 해야만 되는 얘기가 있다
잠든 나귀 곁에 앉아서
나귀의 귀를 닮은 나뭇잎으로
밤바람을 깨워서라도
그래서라도 꼭은 하고 싶은 그런 얘기가 있다

디아스포라

시베리아 유형지의 죄수들에게는
단 한순간도 혼자 있는 것이 허락되지 않았다
손톱에 파란 얼음달이 뜨는
더러운 추위보다 더 견디기 힘든 것은
혼자가 될 수 없는 것이었다
진정 혼자가 된다는 것은 위대한 일이다
무슨 꿈을 꿀지 모른다
차가운 마룻바닥의 어둠속에서
어떤 괴물이 태어날지 모른다
죄수 안에 또다른 죄수가
이제 막 탄생하고 있을지 모른다
내가 외로운 것은 혼자가 되지 못했기 때문이다
내가 지금 이토록 괴로운 이유는
당신을 끝내 그리워하지 못했기 때문이다

소쩍새는 어디서 우는가

귀가 밝아진다는 건 그래도 슬픈 일만은 아니었다
지나간 다큐멘터리 자료를 찾아보고 있는데
작년 첫 울음 울다 간 소쩍새 한 마리
한 문장 속에서 다시 깃을 친다
홀로 밤늦게 찾아와 길게 목을 풀던 첫 손님
누군들 그 울음을 받아적을 수 있었을까
늘 멀리만 보려던 닫힌 창가에 바짝 다가앉았다
손때 묻은 수첩을 꺼내든 이의 등 뒤로
눈이 까만 밤새가 울었다
올해 소쩍새 울음을 들으려거든
며칠은 더 기다려야 한다고
아니 더 늦을지도 모른다고 바람이 아직 차다고
그때나 한번 찾아와보라고
정작 나는 그 새가 언제 우는지 기다려지기보다
어디서 우는지 울어야 하는지
그걸 생각하고 있었다
그 울음이 배어나왔을 저녁 어둠은
아직 창밖의 나무옹이 속에 웅크려 있었다

저물녘 누군가 앉아 있던 자리도 그러하였을 것이다
울창하고 맑은 밤의 창을 가진 이가 부러운 게 아니었다
아직 내 마른 묵필은 그 어둠을 가질 수 없었다

유묵
제비

한 획에 붙들린 바람이 기둥마다 가득했다 거니는 곳곳에 손끝으로 잡아챈 유묵들

역시나 저 오래 다스려진 문장으로 일가를 이루었다

발길 닿는 대로 찾아든 소객이야 뒤란의 굴뚝만큼이나 조용히 뒤꿈치를 내려놓지만

그래도 이 고택에 한여름 더위를 피해 들어온 그늘이 더 고요했다

주련 글씨를 보려고 댓돌 아래 서 있다가 아궁이도 들여다보고 빈 마당도 건너다보고

처마에 걸린 햇살마냥 반쯤 그늘 묻은 눈길로 기웃거리고 있었다

이 밝은 적막을 따르던 눈길 끝에서 뭔가 놀란 듯이 획 튀어나온 건 그때였다

제비였다 부엌 안쪽 높은 기둥에 지어올린 제비집 한 채

한 발짝 새똥 눌어붙은 자리까지 다가가 한참을 올려다보고 있는데

등 뒤에서 또 제비 한 마리 휘이익 날아드는 게 아닌가

문간을 넘어서다 저도 놀랐는지

비좁은 부엌을 한 바퀴 돌고는 황급히 안대문 쪽으로 사라지는 것이었다

나는 추사의 글씨를 볼 수 있는 사람이 아니지만

제비가 두 갈래 꼬리로 소리도 없이 치고 날아간 그곳에서 어둔 눈은 또 한 획의 바람을 들여다보고 있었다 생동하고 있었다

기둥마다 새겨올린 필적이 채 마르지 않았다 유묵이 가득했다

내가 살아온 것처럼 한 문장을 쓰다

외로웠구나 그렇게 한마디 물어봐줬다면
물가에 앉아 있던 멧새 한 마리
나뭇가지에 어떤 떨리는 영혼을 올려놓고 갔을 것이다
첫 문장을 받았을 것이다
사나운 눈발 속으로 발자국도 없이
검은 늑대가 달리는 계절이었을 것이다
아프냐고 물어봐줬다면
정녕 아프지는 않았을 것이다
당신에게서 처음이었던 나를 완성했을 것이다
둥근 사방의 지평선을 건너갔을 것이다
단 한마디가 필요했을 뿐
그것만으로도 나는
붉은 먼지로 돌아갈 수 있었을 것이다
꿈결까지 뭔가 밤새 훔쳐왔어도
남은 것 하나 없이 마른 지푸라기뿐이어도
오로지 단 한 뼘뿐일지라도
일생의 길을 사위스레 멈칫거리다가
아무것도 없는 허공 앞에서

제 몸을 사각사각 먹어치우는 눈먼 애벌레처럼

진흙 먹은 울음소리로 자기를 뚫고 가는 지렁이처럼

코끼리 주파수

오래 굶주린 사자떼가 무리 지어 사냥에 나서듯
마른 땅에 갈기를 흩날리며 들불이 번진다
그곳에서도 물웅덩이를 찾아낸 코끼리 한 마리
느릿느릿 온몸에 검붉은 진흙을 바른 채
무겁고 차갑게 타오르는 황혼을 기다리고 있다
말라죽은 아카시아나무숲과 흰 구름 너머
수 킬로미터 떨어진 또다른 무리와
젊은 수컷들을 찾아서
코끼리는 멀리 울음소리를 낸다
팽팽한 공기 속으로 더욱 멀리 울려퍼지는 말들
너무 낮아 내겐 들리지 않는
초저음파 십이 헤르츠
비밀처럼 이 세상엔 도저히 내게 닿지 않는
들을 수 없는 그런 말들이 있다
얼마나 멀리 떨어져 있었으면 오래고 오래되었으면
그 부르는 소리마저 이젠 들리지 않게 된 걸까
나무껍질과 마른 덤불로 몇해를 살아온 나는
그래도 여전히 귀가 작고 딱딱하지만

들을 수 없는 말들은 먼저 몸으로 받아야 한다는 걸
몸으로 울리는 누군가의 떨림을
내 몸으로서만 받아야 한다는 걸 알게 되었다
저물녘이면 마른 바닥에 먼 발걸음 소리 울려온다

샘

지금 나는 너무도 고요한 샘가에 앉아 있다
이끼 낀 돌 틈 사이 조금씩 흘러내리지 않고 먼 천둥소리
처럼 한순간 고여드는 샘

마른 골짜기로 무거운 구름이 몰려든다
이 앞에 서거나 뒤돌아앉을 때면
늘 요란한 침묵에 휩싸일 뿐
나뭇잎 하나의 부끄러움도 모른 채
무슨 생각이었는지 나는 황급히 비좁은 고요를 들여다
본다
악마의 목젖 같은 저 깊은 속이 보인다
하늘이 흐르지 않고 바람이 머물지 않고
대신 하루에도 여러 번 두 개의 노란 달이 뜨고 지는 곳

악마의 눈물은 타오른다
몸속에서 제 몸을 휘어감은 포도나무넝쿨로 무섭게 타오
르던 불길이
눈동자의 검은 물기마저 다 빨아들이고

어느 눈먼 취한 사내가 가파른 골짜기에서 힘겹게 걸어
나올 때
이 메마른 모더니티로부터
영영 벗어날 수 없다는 것을 나는 깨닫는다

그 누구도 애써 들여다보지 않는 지난밤의 잃어버린 샘
은빛 사막을 떠돌던 꿈의 망명객이 하나 앉아 있다

두 손 모아 이 고요한 샘물을 떠먹을 수는 없다
물때 낀 눅눅한 벼락이 내리치고
사납게 고여들었다가 이내 잔물결 하나 남기지 않은 채
굳은 입을 다무는 곳
한차례 줄어든 바닥에 겨우 한입 고여 있는 금단의 샘

고양이의 집

희고 뚱뚱하고 성질 사나운 늙은 고양이가
단칸방 좁은 부엌으로 들어와
울지도 않고 숨죽여 발톱을 세우던 밤
꼬박꼬박 달마다 집주인이
문 앞에 서 있던 날처럼
뻣뻣한 털이 온몸에 돋아나고 있어요
방이 안 빠져 그대로 비워둔 채
일년쯤 지나갔을까
그새 창고로 쓰였던 그 방을 치우고 다시 들어갔어요
방 안에 죽은 쥐가 말라붙어 있어요
두 계절 내내 밤새 울다가
쥐가 죽어 있던 방 안에서 잠들었어요
경매로 넘어간 다세대 주택 반지하방에서
보증금 받아 나온 후에도
몰래 들어간 남의 집 부엌처럼
몇해 전까지 몇번 더 남의 집에 얹혀살았어요
가끔 내 집으로 고양이가
죽은 쥐의 울음소리를 물고 왔어요

언젠가 이곳에서 다른 이들이 등을 켜고
바닥을 쓸며 살지 몰라요
바닥 밑에 스며든 울음소리를 지워야 해요
내가 사는 동안이라도 그때까지만이라도

흰 고래를 찾아서

기름때 얼룩진 누런 씽크대뿐인 부엌과 방 하나
몇해째 풀지도 못한 채
구석에 덧두겨 쌓아놓은 낡은 상자들
죽은 짐승의 늙은 허파 속 같은
쭈글쭈글한 어둠뿐이다
방문을 꾹 눌러닫고 한구석에 두 아이를 눕힌다
아이들 이마 위에
가만히 얹어보던 굳은 손으로
새파랗게 죄 지은 손으로 바닥을 쓸어본다
몇시간째 밤의 해협을 건너느라
어깨는 자꾸만 들먹거리는데
갈치떼가 입술을 감물고
굽은 등을 지나간다
비닐을 덧댄 창에 찢어진 돛폭이 나부낀다
언제 가파른 해안까지
맨몸으로 떠밀려갈지 모른다
드센 웃풍에 조각배가 조금씩 기운다
보일러가 안간힘을 다해

긴 밤을 조금 더 민다

흰 구름이 누워 있는 아침 해안까지 밤새 밀려갔다

유령들

커튼 뒤에 숨어 있는 게 무엇인지 알고 있다
비좁은 장롱 속에 들어가는 것은
더없이 쉬운 일이다
이불 밑에 납작하게 누워 있어도
피아노의자 아래 네 발로 기어들어가
새끼 고슴도치로 웅크려 있어도
금세 웃음소리를 찾아낼 수 있다
발코니 구석에서 은빛 물방울이 되고
유리창에 달라붙은 햇빛이 되고
발가락까지 오그린 투명한 숨소리가 되는 아이들
그렇게 아무리 숨어 있어도
가면을 몇개씩 찾아 쓰고 있어도
얘들아 이 집에서만큼은 결코 사라지지 않는단다
물풀 같은 하얀 종아리가 다 자라고 나면
굳이 숨으려 하지 않아도
이 세상은 너희들을 사라지게 할 거야
보이지 않게 만들 거야
다른 그 무엇이 될 수 없게 서류 속에 집어넣을 거야

그때까지만이라도 숨은 그림을 그려야지
유령과 싸워야지 커튼 뒤에서 장롱 속에서

마지막 상상

이리 끌고 저리 당기던 잔물결 같은 아이들 손길

썰물에 실려 막 빠져나가고 나면

이제 그 자리에 남은 내 몸은 진흙바닥이다

겉잠이 들었던가 작은 물웅덩이에 갇혀

몇번 등지느러미를 뒤척이다 마는 숭어 한 마리

잠시 놓여난 빈자리에 힘겨운 꿈만 가득하다

깨어보니 어느새 바다 한가운데 내가 있다

세살 갓 지난 딸아이가

화장실에서 빼온 두루마리 화장지

죄다 풀어내어 바다를 만들었다

바다를 처음 보고 와서는 늘 바다 바다를 외치더니

아빠 바다 아빠 바다 하고

제가 만든 두루마리 바다를 보여준다

작은 사내놈은 덩달아

흰 바닷자락을 뜯어먹고 있다

자다 깬 물범같이 이게 뭐야 질겁해도

두꺼운 목만 간신히 들었다 놓을 뿐

아이들이 하나씩 꿰차고 앉은 플라스틱 갯바위까지

겨우 눈꺼풀을 떼어내며 헤엄치다보니
앞다리도 뒷다리도 못 내민 나는
영락없는 올챙이 한 마리
한껏 등 구부려 덩치 큰 거북이가 되거나
아기물개 두 마리 덥석 물고 사라지는 북극곰이 되거나
그도 지쳐 바다에 드러누운 채
조개를 깨먹는 수달 아저씨
작은 돌로 제 가슴을 치며 멍든 자리에
파도 한자락이 올라타고
대항해시대를 맞이한 어린 해적 둘이 또 올라타고
내 마지막 상상은 누렇게 부르튼 통나무배 한 척
바득바득 기어서라도 나아가야 할 무거운 몸뚱이 하나

오리몰이

나에게 저녁은 오리를 몰고 오는 시간이었습니다
아파트 단지 안의 몇평 모래호수에는
마른 바닥을 죄 파헤쳐 발이 빠진 오리가 둘
집에 가자는 소리는
한 뼘 작은 엉덩이 밑에 깔렸을 뿐
점점 눈썹만 붉게 타들어가고 있었습니다
안 가겠다고 짧은 날갯짓으로
등 돌려 꽥꽥꽥 떼쓰는
이 야단스러운 놈들을 콧등이 노란 두 아이를
잘 타일러 집으로 이끄는 것은
그러나 내가 아닌 저물녘이었습니다
깜깜해졌다고 깜깜해졌다고
그제야 젖은 모래를 털며 뒤따르는 아이들
뒷짐까지 지고 앞장서던 나는
가다 말고 가다가 말고
자꾸만 뒤뚱거리며 뒤를 돌아보는데
아이들이 냅다 집으로 뛰어가는데
뚱뚱하고 피곤한 오리만 하나 남았습니다

고집스레 말 안 듣는 한 엉덩이만

무거운 그림자를 끌고서 뒤를 따르는 것이었습니다

공유지의 비극

집 안에서 텔레비전을 치워버리고 나자
또다른 화면들이 내 앞에 몰려든다
이른 아침부터 몰래 들어와 재잘거리는 참새들
휴일인데도 도리어 더 일찍 일어나는
지긋지긋한 녀석들
이 과자부스러기 같은 시간을
대체 어찌하란 말인가
새들이 남기고 간 울음소리 여전한데
밝은 창문을 하나 열고서
이번엔 다람쥐들이 몰려든다
이 가지 저 가지 도토리 따는 소리에
또 이불깃을 크게 펄럭이며 성을 내자 후다닥
흩어지는 낌새가 참으로 발 빠르다

잠시 책장에서 오랫동안 잊었던 문장 하나를 찾는 사이
어제 못 받은 물건을 찾으러
수위실에 내려간 사이
누가 귤껍질을 죄 까놓고 갔을까

어느 괴물이 초록색 팽이를 돌리다 갔을까
연체된 각종 고지서와
묵은 먼지와 나뒹구는 동전들
헌책방 입구처럼 낡은 책들로 비좁은 곳
달의 뒤쪽에 숨어 있던 비행접시가 불시착하고
망아지가 몰래 풀을 뜯다 간다
뭘 좀 찾아보겠다고 뚱뚱한 여우마저
한자리 차지하고 앉아 있다

틈만 나면 뉴스를 검색하고 저녁 드라마를 틀고
제발 그따위 것들 좀 집어치우라고
큰소리치면 모두 잠들고 나면
이번엔 단 한 명의 손님만 받는
외로운 주점이 문을 연다
허무주의자로 돌아와야만 어제 쓴 문장이 해독되고
밤의 리얼리스트로 돌아와야만
채 마치지 못한 다음 문장을 이어쓸 수 있는 곳
그때서야 악착같이 내 책상이 되는 이곳

그러나 다시 읽어보니 새와 다람쥐와 여우가 앉아 있다
발바닥이 종일 즐거운 두 마리 망아지와
꼬리도 없이 튀어나온 잔소리가
그리고 또 내가 한가족이 되어 있다

구름 일가

창가에 짓널어두었던 속옷을 걷으러 갔다
눈썹에 물든 노을은 간데없고
낮은 빨랫줄에 흰 구름만 걸려 있다
대신 한아름 구름을 들고 왔다
뒤엉킨 팔과 다리를 풀어 장롱에 개어넣자
그제야 바닥에 이맛머리 맑은 개울이 흐른다
잘 마른 구름이 밤마다
질금질금 비를 내릴 줄 몰랐다
가끔씩 구름이 발밑까지 내려왔다
새벽마다 오줌 싸는 아이가
몰래 새 구름 한 벌 갈아입는다
아침이면 햇빛 속에서 둥둥 떠다니는 아이들
내 아름에도 벅찬 구름이 두 팔에 매달린다
구름이 이렇게 무거웠다니
구름 발치 흘러만 갔던 것들이 똑똑
물방울을 떨어뜨린다
손바닥이 듬끼 루쯤 내려앉던 햇살에 젖어 있다

포도나무 노동자

삼개월도 못 미처 첫 아이를 유산하고
포도나무를 키우기 시작했다
무심히 지나치던 내 손길을 잡은 건
나무의 넝쿨손이었다 줄기가 꼭 마른 탯줄 같았다
어른 키만큼 훌쩍 큰 나무였다
잔가지를 쳐내고 열매를 솎아내던 손길이
딱 그만큼의 높이로 나무를 다스렸을 것이다
마당이 있는 집 창틀 밑에서
풍경을 뻗어올리던 나무가 아니었다
몰락한 어느 농원의 마른 땅에서 이 나무는 뽑혔으리라
철망에 기대었을 마른 어깨만 남긴 채
잘린 두 팔로 오로지 자기에게 매달려 있는 포도나무
난간 한구석 나무의자 위에 놓인 포도나무
그렇게 이 다산의 노동자를 쉬게 할 참이었다
달이 한 번 등을 돌리는 동안이었다
나무는 누렇게 잎이 뜨기 시작했다
힘겹게 내민 줄기손들이 가파른 창문 아래 허공을
조금 더 감아올리고 있었다

두어 송이 작은 열매가 말라드는 것을

그저 바라만 보고 있을 뿐

빈 가슴으로 창밖을 내다보는 건 그녀만이 아니었다

그제야 허공에 목을 매단 포도나무를 바닥으로 내려놓
았다

헝클어진 머리를 추스르자 다시 굽은 무릎을 폈다

그새 몇해가 지났는지 아이가 둘이라 했다

마구 허공을 기어오르는 아이가 까맣게 눈을 뜨고 있었다

속불

느티나무 그늘은 넓다 아니 맑다
얼마나 됐다더라 오랜 세월을 고스란히 품었을
종무소 앞 느티나무는 그렇다
다원에 들려 차나 한잔하고 가려는 이들에게
맑은 그늘을 밟고 가라고 길을 내려준다
내가 아는 느티나무가 또 한 그루 있으니
화성행궁 안의 불탄 느티나무
이 나무는 이제 그늘이 없다
굵은 가지를 뻗었을 자리에 대신 넓은 하늘을 이고 있다
가는 가지가 몇개 새로 돋았다
그래도 나무가 숨을 쉬고 있다는 얘기다

느티나무에서 그늘을 빼면 남는 게 없다지만
오래 썩은 속은 제 그늘보다 더 깊다
이 나무가 그러했다
불탄 나무 빈속에서 아이들이 하나씩 걸어나온다
나무 밑동에서 나온 아이들이
제 엄마 얼굴이 어떤가 쳐다보는 신생아처럼

고개를 들고 나무 위를 올려다본다
분명 아이들이 바라보는 곳이 이 나무의 얼굴일 것이다

나무는 속이 다 썩어서 비었던 게 아니다
막 빠져나오려고 몇가닥 검은 머리숱을 들이밀던 자궁
이슬이 비치고 힘겹게 벌어지기 시작하던 자궁
제 속에 자궁을 들이려고 해마다 그토록
넓은 그늘을 내렸다 거두었다 했던 것이다
그 그늘을 모아 속불을 지피려고 했던 것이다
그늘을 거두어들이기까지
꽤나 오래 걸렸다 자궁이 활짝 열렸다
동그란 눈을 가진 아이들처럼 나도 나무 위를 올려다본다

운주기행(雲住奇行)

1

구름들이 모이는 곳이라 했다

몸 숨길 외진 곳이 있어 산그늘 따라 들어섰다 했다 세상
한번 뒤집어보자고 모여들었다 했다

그러다 바위 밑에 앉아 모난 귀가 떨어지고 평생 빈 밭만
갈던 굳은살 박인 손마디가 하나씩 떨어지고 떨어져서 그
대로들 부처가 되었다 했다

제 목이 떨어져나가는 것도 모르고 곁땀에 돌비늘 끼는
동안 꼼짝도 않은 채 구릉마다 좌불로 들어서 있는 구름
계곡

2

가는 길 덧들어 다시 되돌아 들어설 때는 그래도 아직 날
이 밝았다
저녁 예불을 알리는 범종소리가 울렸지만 그저 반편이

떠돌이 구름 하나 무거운 몸 끌고 오는 줄 알았다

　산등성이를 기어오르다가 그만 어둑발이 뒤를 따르는 것
도 몰랐다
　할 수 없이 이맛머리 젖은 채로 내려오는데 한 덩이 구름
이 저만치서 쫓아오는 게 아닌가
　언뜻 보니 커다란 한 마리 개였다 흰 털을 휘날리며 컹컹
거리며 둥실둥실 달려오고 있었다

　뒤에서 구름이 달려들면 죽은 목숨이다 함께 간 두 아이
들은 새파랗게 질려 있었다

　눈을 감아라 달려드는 구름을 보면 안된다 그 자리에서
돌이 될 것이다

　사나운 구름이 네 발로 우리를 향해 달려오고 있었다

3

어디서 내솟았는지 모를 흰 구름 같은 개 한 마리가 우리
를 쫓아내고야 말았다 두려움뿐이었지만 이곳에서조차 쫓
겨났다는 생각이 속구덩이마냥 더 무거웠다

허겁지겁 빠져나오다가 다리 풀리듯 길 잃은 굽잇길
간신히 어둠속에서 불을 밝힌 곳을 찾아서 무거운 몸 내
려놓았을 때 나는 다시 세상 속으로 돌아온 것을 알았다

어둡고 갈 곳 모를 이 세상의 외딴 손님으로 돌아와 있었
다 바로 이곳이었다

권투선수는 이렇게 말했다

왜 내가 여기서 흠씬 두들겨맞아 쓰러져 있는지

어떤 미친개가 내 안에서 또

더러운 이빨로 생살을 찢고 기어나오는지

나는 두 눈으로 똑바로 봐야 한다

보이지 않는 상대에게 얻어맞아 피투성이가 되는 것보다

그래도 보이는 주먹이 더 견딜 만하다

개는 어둠을 향해 짖을 수 있지만

나는 어디를 향해 짖어야 하는지 모른다

부러진 손가락에 글러브를 끼고서라도 링 위에 올라야

한다

그래야 보이지 않는 주먹이 더이상 나를 향해

카운터펀치를 날리지 못할 것이다

어느 순간 좁은 링이 점점 넓어지기 시작한다

야유와 빈주먹만 날리던 링 밖의 내 얼굴이 보인다

늑대가 뒤를 돌아본다

1

나와 저만치 앞서가는 늑대 사이의 거리는 좀처럼 좁혀
지지 않는다

내 걸음은 늑대 발자국을 따르는 것만으로도 힘겨웠지만
가끔씩 제자리를 오가는 검은 구름의 한때를 보기도 했다

구름과 나는 같은 지평선을 갖고 있지 않다

간혹 돌아올 수 없는 곳이라는 이름에 사로잡힌 이들이
있다 사라진다는 것은 얼마나 매력적이었던가

나는 그런 것들에 바쳐졌다

십여년 동안 모래의 문자를 흩어놓으며 내가 이루고자
한 것은 무엇이었는가

단 한 번도 나를 허구로 만들 수 있는 문법은 허락되지

44

않았다

2

저기 또 한 사람이 모래로 무너져내린다

그는 어디를 뒤돌아보았던 것일까

나는 저녁에 누군가 모래로 무너져내리는 것을 보고 있었다 그러자 어느 순간 늑대 발자국을 놓치고 말았다는 것을 알게 되었다

늑대를 따라가다 길을 잃은 것이 아니라 나를 잃어버렸다 몸속에 늑대의 피가 흐른다는 것을 깨달았을 때는 이미 늦었다

검은 휘장 속으로 어떤 한 세계가 사라져버렸다

어둠속으로 모래 한줌 흩뿌려 다시 첫 문장을 받아라

이제 막 피 냄새를 맡은 늑대 한 마리가 느릿느릿 걸어들어간 곳을 나는 본다

늑대가 뒤를 돌아본다

꾸바에서

한번 목이 부러졌던 악기라도 다시
팽팽하게 현을 잡아당기면
목쉰 검은 새들이 날아와 오래 앉았다 가겠지요
배고픈 것마저 잊은 갈비뼈 앙상한 개처럼
자꾸만 어슬렁거리는 늦은 저녁
가장 낮은 음역에서
여전히 손끝이 긁히고 있겠지요
새파라니 떨리고 있겠지요
눈이 쑥 들어간 녹슨 별이 고여 있겠지요
낡은 현을 하나 풀어내서
엉덩이가 좁은 파도에 걸어두고
술집에 혼자 앉아 있는
예쁜 여자의 귀에도 걸어두고
뛰어내리고 싶은 한자락 낯선 바람에도 걸어두고
오래된 천장에도 걸어두고
나를 끌어안은 힘으로 나에게 매달린 그 무게로

라 뽀데로싸 1992~

1

마른 물로 목을 축이던 시대는 지나갔다

끈적끈적 흘러내리는 악마의 검은 눈물을 태워 쭈욱 길을 긋고 잉크 냄새 채 마르지 않은 지도 위에서 태어난 낯선 짐승

검은 생고무끈으로 허리 굵은 몸통을 질끈 조여매고 밤길을 나서자 속이 보이지 않는 그림자가 몇개 더 바닥에 달라붙는다

군데군데 살 벗겨진 녹슨 상처를 감춘 채 얼굴을 지워버린 짐승이 흔적도 없이 골목을 빠져나간다

2

그래도 가끔씩 검고 길게 끌린 발자국을 남길 때가 있다

길을 재촉하다가 양쪽 귀에 느닷없이 성난 모래폭풍이 밀려들면 딱딱한 길 위에 둥근 속도가 신경질적으로 날카롭게 찢어진다

사막의 도로를 오가던 트럭 운전수들이 야생 낙타를 잡아먹어 멸종 위기에 처했다고
미디어가 버젓이 이 메마른 상징을 모래바람 속으로 실어나른다

모래바람이 종일 눈을 감고 제 울음소리를 발바닥 밑으로 구겨넣는다

고통은 노예들이 잃어버린 오랜 기억일 뿐이다

3
나는 그 어디로 가지 않고 다만 어디로든 가고 있다고 지금 나는 진화하는 중이라고
그래도 거친 물을 몇모금 마시며 고통을 느끼기 시작하는 나는
어깨뼈 앙상한 잔등 위에 벌거벗은 사내를 태운다

발자국 속에 마른 울음소리가 고인다 더 무거워진 길이

길 위에 눌러앉아 뒤에서 또 지워지고 있다

　보이지 않는 것과 싸우는 것은 보이는 것과 싸우는 일
이다

나뭇잎 전사

불타는 숯 덩어리처럼 혀를 길게 빼어물었다
펄펄 뛰는 심장을 꺼내들고
보여줄 수 있는 한 가장 무서운 얼굴을
나뭇잎으로 만들어냈다
수만개의 나뭇잎들이 일사불란하게
숲의 입구를 막고서 신성한 괴물을 불러냈다
나뭇잎 전사들이 갈가리 찢어져 흩어졌어도
또다른 새로운 무늬들이
성난 얼굴을 하고서 나타났다
가진 것은 그것뿐이었다
꼰도르가 날개를 펴고 펠리노가 발톱을 세우고
축축한 지하의 자궁을 찢고서
진흙뱀이 솟아나오고
한줌 태양의 자손들을 불러내 싸우고 있었다
찢어진 나뭇잎뿐이었다
있는 힘을 다해 나뭇잎으로 길을 지우면서
천둥소리를 뒤로 한 채 그들은 숲으로 들어가버렸다
더 깊은 숲으로 한 우주가 그대로 사라져버렸다

혀

누군가 가는 모게 은삗 철사주를 무꺼노안따
살까츨 찓꼬 목떨미를 파고드러
신누러케 고르미 써거들고 구더기 스는 건또 모른 채
마른치믈 삼킬 때마다
어쩌다 한닙 상한 빵조가글 씨블 때마다
고통스럽께 조여드는 이까진 한 가닥 가는 줄 때무네
그저 한 마리 더러운 개가 되어쏠 뿌니다
먹따 남긴 써근 갈치토마기 잔뼈를 드러내고
곰사근 홍어 한 저메 누런 쉰 김치 쪼가리
숭숭 써러노은 살믄 돼지비계
춤 느러진 혀는 늘 기름저 인따
바늘 돋친 말드리 빠저나간 자리에
밤새 백태 낀 구렁이가 한 마리 기어들고
또 어떤 나른 나메 마를 잘라먹꼬 사는 개구리가
고개를 내밀 때 캄캄한 바닥 가튼 닙 소게서
맨드라미가 까끌까끌 피어난다
사라 인따는 게 하필 왜 아무건또 아닌 걷뜨를
할타대고 지꺼리고 침 흘리는 니릴 뿌니어쏠까

미안하지만 함께 어슬렁거리기에는
이 골모기 너무 비좁따
그래도 달려들 테면 어서 이 써근 목떨미를 깨무러다오
이까진 한 가닥 철사주를 무러뜨더다오 끄너다오
그러치 아느면 삼킬 쑤도 엄는
네 모게 고통스런 목쑤믈 내가 먼저 끄너주겓따

들개

같은 종족을 보는 것은 괴로운 일이다
비좁은 우리 안에 갇혀 있을 때도
다 썩은 바닥에 순한 얼굴로
혓바닥을 늘어뜨리고 있을 때에도 너는 이미 더러웠다
주는 대로 아무것이나 받아먹다보니
그 무엇이라도 먹을 수만 있으면 되었고
누구를 위해서인지 그렇게 몸은 커지고 사나워졌다
헐거워진 문을 뚫고 골목으로 걸어나가서
털 빠진 개들을 물어뜯던 너는
맹렬하게 짖을 때에도 그 울음소리는
골목의 좁은 어둠을 찢고
세상을 향해 단 한 번이라도 울려퍼진 적 없다
붙잡혀 다시 갇혀 있던 너는
그저 우연히 철창을 벗어났을 뿐
들개가 되어서도 더러운 굶주림을 벗어나지 못했다
순한 먹잇감을 찾아서 태연스럽게 골목까지 들어와서
예전에 함께 묶여 있던 동료를
이 잡놈의 새끼들이라고 경멸해대면서

숨통을 끊으려고 목을 물어뜯으며
가쁜 숨을 할딱거리는 너는
이빨 사이로 핏물을 즐겁게 흘리고 있는 너는
문득 겁먹은 한 눈빛과 마주치고야 말았다
무엇이든 벽 앞에만 서면 주먹이 되기도 하고
눈물이 되기도 했던 그 벽 앞에서
막다른 그늘에 바짝 붙어 있는 거짓말처럼 너와 나는

후계자는 거리에 앉아 있다

새끼줄로 머리통을 질끈 묶은 푸른 배추들
알통을 키우는 중이다
속이 꽉 차게 늦바람 들지 않게
제 몸을 아예 땅속에 묻어버리고
머리만 내놓았다
냉골에 꼬리뼈를 못질해 박은 채 종일을
뭔가 결심한 듯이 앉아 있다
콘크리트 바닥에서
차가운 아스팔트 위에서
그래도 머리만은 차가워야 한다고
냉철해야 한다고
고스란히 서릿발을 받는 배추들
새파랗게 줄지어 앉아 있다
배추꽃을 피우고 있다
조용히만 조용히만 서로 서늘하게
머리를 기울이고 있다
살아 있다는 것은 살아 있어야만 하는 것이라고
한번 더 굳은 심지를 가다듬고 있다

한숨 같은 입김들이 무릎을 오그리고 앉은 구름들이

미국인 친구

흰색 페인트를 칠하고 하나하나 다시 조립해서
안장을 높이 올린 나의 자전거
할리 데이비슨같이
앞바퀴에서부터 길게 뻗어오른 은빛 핸들
페달을 뒤로 돌려야 멈출 수 있었던
이 세상 하나뿐인 나의 특별한 자전거
동네 아이들은 모두가
내 것을 빌려 타고서야 자전거를 배울 수 있었다
뒤따르는 아이들과 함께 자전거를 몰고
옆동네로 원정을 가기도 했다
잃은 구슬 대신 돌멩이를 날리기도 했다
온 세상 내가 모르는 골목은 없었다
그 이후로 모두가 내 자전거를 흉내내기 시작했다
자전거 한 대쯤 없는 집이 드물었다
그때부터 나는 자전거를 타지 않기 시작했다
아파트 자전거보관소에서
여느 것들과 마찬가지로 그저 흔해빠진
녹슨 고철 덩어리가 되었을 뿐

그 어느 것과도 다른 유일한 것이었지만
그렇더라도 나는 그 하얀 자전거를 추억하지 않는다
다시 골목을 지배할 수는 없다
멱살을 잡고 담벼락에서 주먹을 치켜들 수는 없다
모두가 같은 자전거를 가져서는 안된다

모니터

한동안 바닷바람으로 집을 지어올렸다
발가락이 세 개 달린 빛을 엮어 만든 방화벽
그래도 한쪽 눈동자에 태양의 흑점을 숨긴
저주받은 새들이 끊임없이 날아들었다
걷어올린 그물마다 납덩이를 채운 생선들로 가득했다
녹슨 나사로 주린 배를 조이고 있었다
경계 없는 수역을 넘나들며
고작 몇 바이트의 장물을 실어나르고
밤마다 불붙은 기름걸레를 물고 다녔다
밖으로 나가야 하는데
그만 원본을 잃어버리고 말았다
암호화된 나를 더이상 밖으로 내보낼 수 없었다
며칠째 풀어놓은 전자 당나귀들이
은밀히 공개된 하라르 사막의 서버에서 디코더를 찾았
지만
모래바다를 채 건너지 못했다
허공 속에 빠지는 것보다 더 끔찍한 것을
아직까지 나는 보지 못했다

할 수 없이 훔친 구두를 신고 다녀야 했다

나는 그저 몇광년을 건너온 빛으로

창문을 몇개 열었을 뿐

이를테면 그것은 대답할 수 없는 질문과도 같은 것이었다

창문 밖에는 또다른 빈 화면이 떠 있고

파란 타일이 깔린 발코니 해안에 버려져 있는 바다

먼지 묻은 검고 마른 탯줄로

제 목을 칭칭 감은 채 뒤돌아앉아 있다

코쿤
빈손으로 쓴 세 단락의 잠언

방직공장이 문을 닫은 지 오래되었는데도 웬걸

다들 남모르게 슬금슬금 실을 짜러 간다

칸막이벽을 세우고

딱 제 몸이 들어갈 만큼만 방을 들인다

자리만 펼 수 있다면 그래도

어디든 바닥을 내어주는 곳

구석진 상가 위층이나

주택가 허름한 한쪽 귀퉁이

학원가 골목 끝을 따라서

한 평 조금 넘는 허방들이 들어서 있다

견딜 수 있을 정도로만

내부가 허락되는 고치들의 방

끊임없이 해는 지고 이곳에 모인 이들은

대부분 잠업에 종사한다

처음부터 다시 가닥을 잡으려고

제 몸에 들어앉아 첫잠을 자는 동안

맨몸에서 실을 뽑아내도

거미줄 하나 치지 못하는 악몽에 시달린다

기억하지 못할 잠언들이 툭툭 튀어나온다

창문이 있어야 할 자리에는
작은 거울이 걸려 있다
또다른 십오 인치 낡은 창문을 떼어다
그 속을 들여다보면
가끔 오딧물 까맣게 입가에 묻은
너른 뽕밭이 펼쳐져 있다
직사각형의 작은 방을 관장하는 것은
오로지 자기뿐이다
빈 손바닥에 틀어쥔 더 작은 창문을 귀에 대고
미친 듯이 소리 지르지만 않는다면
몰래 들어온 검정고양이를 쓰다듬지만 않는다면
이곳은 유일한 소리의 감옥일 뿐
누구에게나 자기만의 방이 주어진다
제 안의 저 밑바닥부터
거품처럼 부글거리는 소리마저도
뽕잎을 스치는 바람결에 흘려보내면 된다

드물게도 검은 책을 이마에 붙인 채
봉인문자를 달달달 외우거나
또 어떤 이들은
머릿속에 빈손으로 수기를 쓰기도 하지만
허구한 날 석잠이나 자는 동안
꿈속까지 들어온 원숭이들에게
책과 지도를 다 빼앗길 뿐
옆방에서 옆방으로 온갖 자질구레한 소리들
텅 빈 화면 속을 바글거리는 먼지벌레들이 벽을 갉아대고
점점 소음의 은하계만 무한증식한다
성단을 횡단하는 동안
캡슐 속에 잠든 이들은 시간을 멈추어놓는다
더 큰 별의 감옥으로 이송되려면
얼마나 더 기다려야 할까
누런 짚 냄새 밴 막잠을 자고 지늙기 시작하면
머리가 허옇게 맑아진다고 한다
밥통을 끌어안고 살던 입맛도

어느새 싹 사라져버린다고

빈손으로 투명한 시간을 한 가닥 뽑아내어

제 몸을 칭칭 감으면서 실실 헛웃음까지 흘리면서

엠 팩토리

언제 가든 항상 문이 열려 있다 슈퍼싸이징 팩토리, 양상
추 한 조각을 얹은 구 제곱미터의 열대우림이 유리상자 안
에 잘 포장되어 있다 일회용 컵을 밀어넣기만 하면 노예들
의 입냄새가 배어 있는 신선한 검은 피가 쏟아져내린다 얼
마를 더 내면 안데스 산맥의 고원지대가 들어 있는 쎄트를
저렴하게 드실 수 있다고 그녀가 카운터 앞에서 나의 눈빛
을 기다리고 있다

단지 거스름돈이 조금 줄었을 뿐, 쎄트를 들고 위층에 자
리를 잡는다 감자칩은 지루한 시간을 대신 씹어 넘긴다 언
제 먹어도 어디를 가도 변하지 않는 맛은 이곳의 미덕이다
어제나 그제도 내일 모레도 언제나 한결같다는 것은 얼마
나 감동적인가 슈퍼싸이징 팩토리, 이곳의 그녀들도 수시
로 바뀌기는 마찬가지지만 얼굴만 조금씩 다를 뿐 결국 동
일한 형식의 일련번호가 찍혀 있다

다 먹고 남은 것들을 다시 들고 일어선다 의자를 정돈하
고 분리수거함에 쓰레기를 버린다 나는 비로소 나를 증명

한다 게다가 얼마나 효율적이기까지 한가 어느새 그녀가
이층까지 올라와 옆 테이블을 가지런히 정리한다 그녀와
나는 역시 한 쎄트다 슈퍼싸이징 팩토리, 내가 맡은 일을
다 했으니 이제는 밖으로 나가도 된다 거리에는 노동자들
로 가득하다 그들과 함께 길을 걷다보니 컨베이어 상점에
갈 시간이 다 되었다 한 자리에 잠시 앉아 있기만 해도 천
미터를 갈 수 있는 새로 나온 길을 보러 가야 한다 일하러
가야 한다

백남준아트쎈터

유리창 밖에 떨어져 죽어 있는 산새 한 마리
퍼포먼스였으면 좋았겠지만
나뭇가지가 기를 쓰고 붙들고 있는 허공으로 아무것도
날아가지 않았다
청소부 아줌마가 그 딱딱한 것을 거두어갔다
바닥에 남은 깃털 하나를 빈 화면이 질질 끌고 갔다

새로 생긴 팬클럽 리스트

삼루수가 바짝 펜스 밑에서 뜬공을 기다리고 있을 때 잠
자리채로 냅다 공을 낚아채는 녀석들

패밀리 레스토랑에서 라면 먹겠다고 우는 아이들

죽으려고 다리 위에 기어올랐다가 취해서 그냥 잠들어버
린 아저씨들

텔레비전에 나와 비법을 공개하고 협회에서 영구제명 당
한 순진한 마술사들

천막 바다

물 빠진 포구에 바짝 비린 입을 대고 앉은 어물시장
작은 소란처럼 굵은 빗발이 들이칩니다
한 이랑 두 이랑 천막을 내어 이마를 맞댄 좁은 길
누군가 비를 피하려다 그만
고무다라이 머리에 이고 가던 아줌마를
살짝 건드렸나봅니다
그래서 길바닥에 작은 칠게들이 쏟아졌나봅니다
입도 걸게 점점 거품을 물고 쏟아져내리는 빗방울들

느닷없이 괜한 행패에 말려들었다 싶었을까
언제 내가 그랬냐는 듯 발 빼려다 말고
한입 단단히 물린 누군가 혀 굳은 소리만 삼키는데
암초 사이 억센 턱뼈를 치켜드는 곰치 한 마리
천막을 타고 생짜 물바가지째 들이붓는 작은 파도자락들
가판마다 내다놓은 돌조개들이 이때다 싶게
짧은 혀를 날름거려 찌익 찍 물총을 쏩니다

정신 차린 칠게 몇놈 그새 젖어드는 수렁바다

개흙인 양 큼큼 냄새부터 맡아봅니다
비좁은 굴집이나마 파고들던 안간힘으로
두리번거리는 것도 잠깐이지 무슨 기미를 알아차렸다는 듯
일제히 포구 쪽을 향해 냅다 달음박질치는 칠게들
물때도 아닌데 푸르고 흰 줄무늬 천막까지
한물살 밀려듭니다 지나가던 비구름이
이른 밀물을 한껏 물밀어대고 있었던 것입니다

새들의 전략

아파트 단지 아래 콘크리트 옹벽에 금이 가 있다
벽을 기어오르다 말라죽은 실뱀처럼 금이 가 있다
누가 소리도 없이 낮은 벼락을 때렸는가
공공근로 나온 할머니들이 이 벽을 지나갔는지
밤에 아예 뚜껑마저 열어놓겠다는
야간업소 전단지들이 떼어졌다 붙여지고
다시 붙었다 떼어지는 동안 벽은
햇빛에 바랜 푸른 인쇄용 잉크로 멍들어 있다
그런 하찮은 일에 여지없이 원근법이 적용되지만
벽이 갈라진 틈새에 집을 지은 콩알만 한 새들이 있어
간혹 축대 아래 길을 지나칠 때면
저 위태로운 높이를 올려다보곤 한다
어찌 저런 곳에 집을 다 지었을까
혀를 차다가도 내가 사는 고층 아파트 역시
가파른 저 옹벽집과 뭐가 다른가
대출받아 꼬박꼬박 이자 내며 간신히 얻어든
이름만 내 집인 그런 집 한 채
가만히 올려다보면 그래도 뭔가 다른 게 있다

다시 생각해보자 저건 새들의 전략이다
붕괴의 징후를 담보로 집을 마련한 새들
이미 문명의 몰락에 근저당권 설정을 마치고
집을 얻어든 새들
나도 그곳에 새로 분양신청을 할 것이다
갈아탈 때를 놓치면 안된다 지금이야말로 돌아갈 때다

공유 프로그램

깊은 숲에 불을 놓던 원주민들
다른 곳으로 옮길 때까지만
잠시 땅을 빌렸을 뿐
때가 되면 밭은 다시 숲으로 돌아갔다
이제 막 나온 동영상과 얼굴 들을 공유하는 동안
고라니가 뛰던 시간은
느릿느릿 길 건너던 누룩뱀은
찢어진 타이어 자국으로 돌아갔다

광교도(光教徒)

상광교동 물가에서 반딧불이처럼 한참을 앉아만 있었다
빈 울음뿐인 허물을 끌어안고 있었다
한쪽 뺨이 어둔 달이 리모델링 현수막 끝에서
검푸른 휘장을 붙들고 간신히 정박해 있었다
돌아오는 길에 좌회전 신호를 기다리며
내 낡은 차는 멈추어 있었다
이제부터 예의주시하라는 뜻인지
아니면 나를 경계라도 하라는 것인지
무언가를 예고하는 불빛인지
그 길 위에서 비상등을 깜박깜박 켜고 있을 뿐이었다
꽁무니에 겨우 붉은 등을 깜박이며
작은 구명정 같은 불빛이 검은 해일 속으로
빨려들어가고 있었다 세상은 갑자기 소란스러웠다

냇물의 속도

수숫대 엮어 두른 담장 위로 아이들 걸음 소리 바삐 넘어오는 듯했습니다 친구들이 부르는 소리 놓칠 새라 밥 먹다 말고 문 밖을 기웃거려봅니다 내 돌멩이 빼앗아 장독 뒤에 숨겨놓은 그 녀석 냇가에 나가 놀다 슬쩍 흰 물장구 사이로 밀쳐놓고 와야지 마당 한켠 우물 속이 박꽃처럼 차올랐습니다

다슬기를 잡으러 간 아이들은 발을 헛디뎌 반은 다 젖어서 온종일 푸른 채를 하나씩 들고 제 그림자 밑에 물살을 가두어놓았습니다 채 벙글기도 전에 떨어진 꽃숭어리 그 위로 간혹 흘러가는데 노랗게 산그늘 흘러오는 냇물 속에서 이끼 낀 자갈에 자주 미끄러지곤 했습니다

날은 저물고 더 큰 저녁 그늘이 물살에 떠내려올 때 벗어놓은 내 회색 운동화 한 짝 보이지 않았습니다 동그마니 남은 신발만 젖은 가슴에 쥐고서 금세 저무는 하늘만 올려다보고 있었습니다 물귀신이 남은 신발 한 짝 가져가려고 슬쩍 잠든 사이 집으로 찾아온다는데

이 신발을 마저 신고 물귀신은 냇물을 따라 저벅저벅 어디로 흘러가려는 걸까 이불 밑으로 따듯한 물이 차오르고 노랗게 벙근 꽃잎 몇장 그 위로 떠내려왔습니다 나는 신발을 찾으러 냇물을 따라 내려가고 있었습니다

소용돌이처럼 피라미들이 모여들어 내 지린 발바닥을 간질이고 있었습니다 나는 그 작은 물고기 등을 타고서 하염없이 하염없이만 흘러가고 있었습니다

북쪽 고원

북쪽 고원을 넘어가는 바람과 어디로든 흐르는 물이 대신 묵독을 하지만 나는 쉽없이 흘러내리는 길과 유려히 바람 간 데 기슭으로 기슭으로만 모여드는 어둔 문체를 이루려 했다

뱀이 지나간 자리를 손길로 옮겨놓으면 그 길의 억센 뿌리들이 뒤미처 가시덤불로 자라올라 길을 물어뜯고

나는 검은 눈을 뜬 망자로 서 있다

더러운 축사 안에 쭈그려앉아 첫 울음소리로 다시 달이 차오른다

구름이 되거나 바람이 되는 일은 천개의 밤이 열리는 단 하루에 이루어진다는데 그 적막에는 이름이 없다 한다

이름 부르는 순간 누구든 이 세상 사람이 아니다

구식 양복을 입은 새들이 바람에 닳아 올이 풀린 소맷부리를 뒤춤에 감춘 채 딱딱한 대지의 끝자락을 움켜쥐고 있다

지푸라기와 진흙으로 뒤엉킨 마른 구름이 돌의 재단 위에 불꽃을 피우고 있다

제 검은 뼈를 들고 피리 부는 이들이 간혹 다른 이의 그
림자 위에 누워 있는 동안
　발밑에서 빈 두멍 같은 해가 뜨고 진다

띵샤

그지없이 외돌다 온 구리별 하나 맞이하는 것 그렇게 나의 하루는 늘 다른 시간 속에서만 시작되었다

한 종지 잘 마른 빛으로 엎어놓은 듯 납작한 놋쇠종
가죽꿰미에 작고 굽은 뿔이 달려 있는 황동 민무늬종을 친다
종을 쳐서 한 음절이 다다른 거리만큼 가분한 걸음을 세어보다 돌아오는 일

묵은 솜 한번 틀어본 적 없는 이불 바닥을 제 몸으로 받아 깔고 앉은 낯선 짐승 한 마리
남은 외뿔 하나로 무슨 생각이었는지 먼지와 바람으로 덩이진 바닥을 툭툭 털어 입고 어딘가로 느릿느릿 걷기 시작한다

발이 부르트도록 밤하늘 건너온 별빛은 보이지 않고 자기를 짊어진 밤의 구름들만이 가득하다 빗소리만으로 이 밤은 어두울 것이지만 순한 짐승의 머리를 가만히 쓸어내

리는 손길처럼 비가 내린다

밤결에 나는 또 혼자가 되어 그 낮은 걸음을 헤아려야 한다 여기 채 손끝을 들어 따르지 못한 마지막 음절이 있다

* 티베트 법구인 띵샤는 보통 종 두 개가 가죽끈에 연결된 형태이지만 내가 갖고 있는 것은 종 하나에 야크 뿔이 달려 있다. 띵샤를 치면 우주의 시작과 끝을 의미하는 '옴'(AUM)이라는 진언이 울린다. 이 진언의 네번째 음절은 침묵이다.

얼음 사원

몇만년 동안인지는 알 수 없지만 빙하는 얼었다 녹았다 단단한 얼음의 몸, 제 푸른빛을 갖게 되었다

그걸 빼고 남은 것들은 다 빨아들이고 무거워져 그 힘으로 계곡과 암벽을 깎아내리고 무슨 위엄이라도 된다는 듯 솟아오른다 그러고도 모자라 덩치 큰 화석코끼리가 누런 덧니를 치켜든다

기껏해야 좀더 깊이 떨어지려는 계곡일 뿐이지만 너무 깊어지다보면 아찔하니 벼랑으로 우뚝 서 있게 될 것이다

바득바득 기어오르려고 손과 발을 내어 고드름으로 들러붙었겠지만 그렇다고 치솟으려는 게 아니다

귀 먹먹토록 나앉아 한때 그 아래 시퍼렇게 몸 패인 자리 가파른 벼랑 아래 얼음 물살을 머리로 이고 서서 짐짓 그 높이를 두려워했으리라

속살이 터져나와 굳은 듯이 몇날은 저리도 딱딱하니 얼음 몸뚱이로 부풀어올랐다 살 터진 자리마다 새로 근육이

자라난다

  내 핏속에 남아 있는 홍적세의 유전자가 뒤늦게 꿈틀거
리기 시작한다
  목젖 아래 검붉은 공기 덩어리로 눌러두었던 것들이 있
어 다시 굳은 눈덩이가 녹아내린다
  그 높이까지 날아올랐던 한 마리 얼음 속의 새를 풀어놓
으면서 다시 아득한 빙점을 넘어서면서

외투

혼자서 이 가을을 다 받은 것인지
갈색 외투를 입고서 언덕 너머로
한줌 남은 햇빛을 붙들고 있는 키 작은 참나무들
들판을 건너다보는 일에 게으른 적 없지만
가을 다 지나고도 좀체
낙엽을 떨어뜨릴 줄 모른다
젖은 바람과 햇빛을 일구던 잎사귀들이
손등이 트고 갈라져 말라붙은 채로
제 한몸을 감싸고 있다
자기를 끌어안고 있다
겨울바람에 쓸려가도록
함부로 낙엽을 부리지 않는다
누군가 이른 나이에도
간신히 건너가야 할 아픈 몸 하나 얻었으리라
그 아래에서는 요란스레 부스럭거리는 발소리가 아니라
제 한몸으로 붙들고 있는 어떤
말들을 들어야 한다
촉촉이 봄비가 내리고서야 참나무는

발치에 조용히 낡은 외투를 벗어놓을 것이다

나무 공동체

나무 그늘에 스며든 공기들은 눅눅하다
잠시였지만 나무는 제 굵은 둥치로
더욱 쭈글쭈글해진
수만 겹의 그늘로 몇걸음 물러선다
때깔 좋은 십년생 옻나무 껍질에 칼금을 긋고
퍼렇게 수액을 내려받는다
진이 다 빠진 나무는 베어버린다
몇번의 큰 칼금을 긋고 말라죽은 옻나무
어느 옻나무숲에 가면
나무의자에 묶여 팔다리가 다 잘려나간 채
구차스런 목숨만 달랑 붙어 있던
옛날 사진 속의 중국인 죄수가 생각난다
잘린 팔다리에서 흘러내리던 피고름 덩어리
어디서 도망나왔는지는 알 수 없지만
조그만 야산 뒤꼍에 숨어들어
십년을 넘기고서야 겨우
어둑한 저녁을 맞아들이는 나무들
남몰래 야생 군락을 이루었다

어느 곳이 아픈지 어느 가지가 욱신거리는지
아픈 몸을 더듬어보지만 누구도
그 나무의 앙상한 그늘까지는 가보지 못했다

목수

매끄러운 잿빛 숫돌에 연신 물을 끼얹는다
한 뼘 목판에 쭈그리고 앉아
스윽 슥 숫돌 위에 허연 날 끝을 간다
마른 물고기들은 입에서 뱃속까지
허공을 물질한다
들끓는 유황불의 지옥에서
제 딱딱한 살을 풀어 비린내를 우려내지는 않지만
몇은 문지방 옆에 매달려
떨그렁 한 가닥 굳은 창자를 뱃속에 늘어뜨린 채
드나드는 이의 발걸음을 간섭한다
주렁주렁 아무 데고 매달려서는
허공에다 결가부좌를 틀고 앉아 있다
움푹 파인 숫돌 위에 연신
반 줌 물을 끼얹는다
목구멍이며 죄다 썩어들어가는 내장까지
구불구불 천길 저 질긴 생의 창자들을
세 치 혓바닥이 완강히 물고
놓아주지 않는다

시퍼런 물살을 못내 기억하는지
간혹 갓 내어걸린 낯선 몸들이 뒤척인다
칼날을 스친 마른 비늘들이 한 장씩 떨어져나가고
그 자리에 진흙바닥을 숨긴 구름들이 몰려든다
어깨인 듯 자꾸 허공이 결린다
그까짓 남은 가시 한 점 때문에 목이 멘다

진흙구렁이

알몸으로 이 흉측한 벌거벗은 몸으로
땡볕에 내동댕이쳐진 것 같아요
부끄러운 곳을 가리려 꿈틀거릴수록
마른 흙에 무릎이 까지도록
살 터진 등짝으로만 웅크려서 맹렬하게 맹렬하게
내 혀를 씹어서 뱉어낸 것처럼
한 마리 진흙덩이 뱀이 되어 있어요
밤새 언덕 위 정원을 꿈꾸다가
이렇게 더러운 몸이 되어
내 몸을 자꾸만 씹어 삼키고만 있어요
맨바닥에 누런 울음처럼 나를
끊임없이 뱉어내고 있어요
단지 하룻밤 용서받고 싶었을 뿐이에요
어깨 너머를 훔쳐보다가
한줌 물웅덩이와 그늘에 숨어 있다가
차마 넘보지 못하던 뒷모습 너머의 저 서쪽을
보고 싶었을 뿐이에요
살갗이 죄다 벗겨지고서도 끓는 기름인 줄 모른 채

달콤한 포도주처럼 들이켜던 지난밤을
그러나 후회하지 않아요
누렇게 썩은 고름이 말라붙고 있어요
마치 용서받은 듯이 용서받은 듯이 나는
눈먼 땡볕에 나를 끌어안고 있어요
길바닥에 한줌 흰 재가 되어 흩날리고 있어요

개여울

등허리께 돌에 찍힌 상처가 그대로였습니다
여전히 그때처럼 뱀은 길을 가로질러
수풀 속으로 사라졌습니다
그 서늘한 눈빛처럼
붉은 열매가 달려 있었습니다
몇걸음 채 가지도 못하고서야 개여울에 앉았습니다
바닥의 돌들이 귀밑머리처럼
얕은 물결에 젖었다가 마르고
물잠자리만 햇빛 한 줄기 등에 지고 있습니다
세찬 개여울이 흐르고
고개를 끄덕거리며 개여울이 흐르고
가만히 어깨를 다독이는 그늘이 또 서럽고
발목이 하얀 물풀들은 아무것도 모른 채
종일 햇빛에 눈부십니다
이 무슨 지랄 같은 뒤늦은 마음입니까
괜한 것들만 탓하던 속엣말조차
눈시울처럼 젖은 돌 틈에 걸려
멀리는 가지 못하고 도로 주저앉아버렸습니다

바짝 뒤쫓아온 하얀 낮달이

방금 내가 지나온 가시넝쿨숲으로 떠올랐습니다

긁힌 상처가 길 위에 그대로 드러났습니다

언덕 하나 넘지 못하고 돌아오고야 말았습니다

의자

한때 수십개의 귀를 띄워놓았던 물가에
뒤늦게 내린 빗방울소리 들으러 간 날이었다
비가 내리면 가끔 찾아가던 물가에
갈참나무숲이 한 그늘 시리게 내어놓은 곳에
언제부턴가 둥근 의자 하나
절룩이는 발로 나무 뒤에서 걸어나와 있었다
앉으면 내 몸이 젖을까 두려워서가 아니라
뼛속까지 시린 바람이 들까 걱정되어서가 아니라
나와 함께 그저 한없는 바닥으로
내려앉을 것만 같아서
그 옆에 한발 떨어져 서 있기만 했다
이제껏 여러 의자에 앉아보았지만
모두 한때의 일이었다
몸에 잘 맞지 않는 의자도 있었고
잠시 지나가다 앉았던 그런 의자들뿐이었다
의자는 대부분 기다리는 일에 종사한다
누군가를 맞이하는 데 의자의 미학이 있다
앉고 나면 곧 잊어버리게 되는 것이

또한 의자가 맡은 오랜 배역이다
나도 의자에 앉아서 의자가 되어갈 것이라고
또 누군가를 기다리며 잠시
나무 뒤에 숨어 있을 것이라고
갈참나무들이 늦게까지 함께 서 있어주었다
작은 물결에 빗방울 젖어드는 소리
먼 귀를 열어 막힌 돌멩이를 하나 꺼내고 있었다

기러기

이제 막 도착한 듯 한시름 놓아 날고 있는 기러기떼를 올려다봅니다

한 해에만도 일만 킬로미터쯤 날아간다지요 아마

그들이 날아온 그 뒤쪽이 아득합니다

살아갈 힘을 다해 우랄 산맥을 두고 온 그쪽 하늘은

그러니까 내겐 헤아릴 수 없는 거리입니다

그 옛날 어느 밀교승은 소식 전해줄 기러기마저 없다고 눈물 흘렸지요*

한껏 흐드러진 꽃을 핑계로 다 익은 술을 핑계로

소식 전하던 마음도 이젠 때를 놓쳤으니

멀찍이 새들을 올려다보며 늦가을 평원을 지납니다

이제 갓 뽑은 흙 묻은 무를 한쪽 베어물어

매운 맛이 사라지는 동안

그래도 입안에서부터 한동안 잊었던 것들이 말이 되어 나오려 합니다

도무지 말이 되어 나올 수 없는 것까지도

잠시 올려다본 하늘에 스미어 있습니다 기러기가 날아갑니다

* 혜초는 『왕오천축국전』에 다섯 편의 시를 남겼는데, 그 가운데 「남천로위언(南天路爲言)」에서 구류 가는 김에 편지를 부치려 하나 바람이 드세고 기러기마저 없어 소식을 전하지 못하는 애 틋한 마음을 전하고 있다.

외로운 식당

초행이라 길 찾기 바쁜데도
길가 음식점 간판에 눈길이 머뭅니다
뭐 좀 새로운 게 없을까 싶어 찾아든 식당
빈자리 하나 잡기도 쉽지 않군요
그 틈새에 겨우 끼어
돌솥밥 한상 기다리며 앉아 있는데
큰소리로 떠들어대는 손님들 뒤쪽으로
기러기탕 백숙 육회
이 집 특별식 메뉴가 큼지막하게 걸려 있습니다
식용으로 사육하는 것이겠지만
그래도 그렇지 기러기라니
멀건 하늘처럼 끓고 있는 탕 속에서
보글보글 날고 있는 기러기들
먼 길 떠나는 날갯짓 소리는
사람들 시종 떠들어대는
온갖 소리에 묻혀 들리지 않습니다
저 늙어가는 사람들이 차라리
어디 가서 조용히 불륜이라도 저질렀으면 하고

측은해집니다 안쓰럽기까지 합니다
기러기 한 마리씩 뜯어먹는 대신
뭔가 그리워하는 얼굴로
안타까워하는 모습들로 앉아 있으면 안되나
아까 올려다본 흐린 하늘의 기러기떼가 아니었으면
내가 외로운 사람이었다는 것을 잊을 뻔했습니다

백년 동백

바닷바람이 오늘처럼 유난스러운데도
젓갈냄새 가시지 않고 여전합니다
그래도 곰소만 일대의 싱싱한 비린내가 사라졌으니
어느새 고창에 들어섰군요
골짜기까지 그나마 바람도 좀 잦아들었나 싶을 때
꽃은 일러도 눈 녹은 낙숫물소리
처마 밑에 가득합니다
지금 중부지방엔 백여년 만에 폭설이 내린다지요
길을 죄다 막아놓았으니 그 소란도
여기서는 고요할 뿐입니다
단단하게 몽우릴 쥐고 있는 동백나무들
오래전 그즈음 어느 손길도
무엇인가 애틋하게 어루만지고 있었겠지요
잊지 않으셨을 겁니다
다시 오자는 그때를 그 다짐을
선운사 동백나무숲처럼
한겨울 당신 손을 꼭 잡았었지요
얼음 낀 돌계단을 조심조심 함께 내려왔었지요

그렇게 말하고 싶었지만
그렇게 훗날을 맞이하고 싶었지만
꽃이 피었다고 또 진다고
그 소란스러운 마음도 기억도 내겐 없습니다
그랬다면 오늘이 얼마나 찬란했겠습니까
때 이른 시절인지 뻔히 알고도 여기까지 찾아왔습니다
한 백년쯤은 헤아릴 마음으로 다시 돌아섰습니다

다시 부석사에 가시거든

저마다 등 뒤에 무거운 돌을 이고 올라왔던가요
한마디 경구를 받으려고
그리 서툰 걸음을 했던 건 아닙니다
수국이 진다고 한발 늦었다고
서운해하지는 마세요
그건 다 스님네들이 떠보는 거랍니다
대신 뒤를 돌아보세요
저 멀리 발밑에 소백산맥을 따라
운판이 떠 있는 것이 보인다면
그 무엇으로든 한번 두드려보세요
어떤 마음이든 커다란 명고만큼 커지고 있을 때
검은 염소가 뜯어먹던 갓 붉은 푸성귀잎처럼
벌써 날이 저무는군요
주불전 전각 속으로 노을이 스며드는군요
오랫동안 그 무량을 품어 새어나오는 창호문살 주홍 불빛
노을이라면 그 전력을 끌어다
작은 불을 밝혀도 되는 시간입니다
다시 뒤를 돌아보면 부석은 팻말 뒤에 있지 않고

당신이 뒤돌아보는 바로 그곳에 있습니다
무겁게 이고 온 돌이 되레 당신을 내려놓고
발밑에 떠 있습니다
어떤 이는 화엄경판을 읽고 있겠지요
구름 문양 각을 뜬 굵은 문자를 새기고 있겠지요
부족한 나는 그만 제 돌을 다시 이고 내려왔답니다

절벽은 다른 곳에 있다

옛 그림에서나 잠깐 보았던 무릉을
한 절벽 앞에서 마주친다
그러나 그 무엇이라도 그리워하지 못했으니
이 앞에서 나는 그저
한 걸음조차 뛰어내릴 수 없는
막다른 길일 뿐
나 혼자뿐이라고 생각하자
가파른 절벽처럼 여기서
떨어져 사라져도 좋았을 아찔한 순간들이
주차장 뒤로 사라지고 없다
그 밑에 벌통 몇개 놓여 있다
뭐 먹을 게 없나 하고
커다란 동네 개들이 어슬렁거리고 있다

묘비명

지금 견디는 자는 어깨도 없이 떨고 있는 사람이다
바닥도 없이 주저앉아 흐느끼는 사람이다
푸른 실핏줄 같은 통증이 나를 건너가고
그 끝닿은 곳 무덤으로 가져갈 것은 나 자신밖에 없으
리라

어떤 유언

어느 집 할머니는 자리 펴고 눕지도 않은 채
남은 힘을 다해 자식들을 불러 앉혔다
나 죽거든 수건 한 장씩 꼭 챙겨서 돌리라고
반드시 그러겠다는 다짐도 받지 않은 채
딱 한마디만 남기고서 할머니는
뜬금없이 앉아 있는 자식들 앞에서
그제야 자리를 펴고 누우셨다
그렇게 뭐라 말도 못하고 자식들은
흰 수건을 몇상자 돌려야만 했다
할머니에게는 뭔가 갚아야 할 게 있었나보다
그런데 하필 왜 수건이었을까
너나할 것 없이 수건 한 장씩 받아든 조문객들
주는 대로 받기는 받았는데 다들 멋쩍었던지
말이 없다가도 한마디씩 거들고 나섰다
눈물 닦으라고 그러는가
무신 소리고 이거 다 기념하라는 뜻 아이가
내를 잊지 말그라 그런 뜻이다
이건 얼굴 박박 씻고 잊으라는 말이지 그것도 모르나

그렇게 평생 손자 얼굴마냥 대청마루 훔쳐대더니
쓰다 쓰다 걸레가 되어서라도
남의 집 방바닥 쓸어주려고 그러는가 이 양반 참
할머니가 이 세상에 갚으려고 했던 것은 무엇이었을까
수건 한 장이 되어서라도 갚으려 했던 것은

바람의 작명가

어느 작명가가 지은 것은 내 이름만은 아니다
지나가는 이를 불러다 얼마를 주고
이름을 지었다는데
척 이름자를 적어놓고는
장차 시인이 될 운명이라고 했다든가 그이는
그렇게 말했다 한다
그 얘기를 듣는 순간 갑자기 운명이라는 게 다가온 것
일까
그게 아니지 싶기도 해서 딴청을 부려보는데
생각해보면 아마도 떠돌이 작명가는
이름 한번 잘 지었다 싶어
그리 말했을 것이다
그 운명이라는 것이 말하자면
시를 쓰다 바람에
구름 한 점 걸어놓지 못하고 떠돌던
자신의 마음이 아니었을까
처음으로 이름을 지어 불러주는 것
부르고 다시 지워내는 그것은 구름과 바람의 문장이다

그렇게 그가 내 이름을

처음으로 부른 사람이 되었을 것이다

그래도 딱히 틀린 운명을 살지는 않았던 모양일까

나에겐 그이의 운명도 함께 들어 있는 셈이다

어제는 지나가지 않았다

갓 태어난 짐승의 비린내가 났다
젖은 혓바닥이 내 마른 얼굴을 핥고 갔다
속엣말을 나도 모르게 꺼낼 뻔했다
한마디로 딱 잘라버릴 수 있는
그런 말이 아니었다
진흙구덩이 속에서 참으로 느리게 머뭇머뭇
기어나올 말이었다
그러나 배를 딴 죽은 생선의 내장같이
울컥 쏟아져나올 그런 말이었으리라
부끄러운 말이었으리라
먼 눈빛 속에서 별들은 무엇인가를 놓치지 않으려고
제 속으로 단단히 박혀 있었다
오래된 벽이 하나 있었다
남은 힘을 다해 붉은 녹물을 흘리고 있었다

당신이라는 이유

발목께 짐을 내려놓고 서 있을 때가 있다
집에 다 와서야 정거장에 놓고 온 것들이 생각난다
빈 저녁을 애써 끌고 오느라
등이 무거운 비가 내린다
아직 내리지 못한 생각만 지나갈 때가 있다
다 늦은 밤 좀처럼 잠은 오지 않고
창문 가까이 빗소리를 듣는다
누가 이렇게 헤어질 줄을 모르고
며칠째 머뭇거리고만 있는지
대체 무슨 얘길 나누는지 멀리 귀를 대어보지만
마치 내 얘기를 들으려는 것처럼
오히려 가만히 내게로 귀를 대고 있는 빗소리
발끝까지 멀리서 돌아온
따뜻한 체온처럼 숨결처럼
하나뿐인 심장이 두 사람의 피를 흐르게 하기 위해서
숨 가쁘게 숨 가쁘게 뛰기 시작하던 그 순간처럼

모더니티의 사막에서 사랑을 회복하는 도정
이성혁

1

　한 권의 서정 시집이 드라마틱하게 구성되어 있는 경우가 있다. 서정 시집의 드라마는 통상의 드라마처럼 주인공과 적대자 두 인물 사이에서 펼쳐지지 않고, 세계와 대면하는 서정적 주체의 내면을 중심으로 펼쳐진다. 알다시피 보들레르의 『악의 꽃』이 그러한 드라마를 보여준다. '우울과 이상' 편에서 시작하여 '죽음' 편으로 끝나는 『악의 꽃』은 자신의 욕망에 충실한 서정적 주체가 근대 세계와 어떻게 대면하고 그 세계 속에서 어떠한 모험을 전개하며 결국 어떠한 가치를 이루어내면서 소멸해가는지를 그린다. 그래서 『악의 꽃』에는 드라마의 구성 단계에 따라 각기 다른 양태와 내용의 시편들이 실린다. 시인이 이렇듯 한 권의 시집을 드라마틱하게 구성하는 것은, 그가 의식적으로 시집 자체를 하나의 예술작품으로 만들고자 한다는 것을 의미한다. 그 시인에게 시집은 시편들을 정리한 모음집에 그치는 것이 아니라, 서정적 주체의 내면적 드라마를 펼쳐내는 또 하나의 시적 구조물이다.

김태형도 시집 자체의 시학적 성격을 의식하는 시인이다. 그는 첫번째 시집인 『로큰롤 헤븐』과 두번째 시집 『히말라야시다는 저의 괴로움과 마주한다』에서 이미 시집 내부에 드라마틱한 흐름을 만들어낸 바 있다. 또한 이 시집들의 특색 중 하나는 다양한 시들이 실려 있다는 것인데, 그것은 시집에서 전개되는 드라마에 맞추어 시의 양태를 변화시켰기 때문이다. 이번 시집 『코끼리 주파수』에도 서정적 주체의 내면적 드라마가 구성되어 있으며, 안정된 어조의 서정시에서 우주로 확장되는 환상적인 시에 이르기까지, 그리고 단순한 구조로 일상을 조명하는 시에서 복잡한 구조로 이루어진 사회비평적 알레고리 시에 이르기까지 다양한 시가 실려 있다.

『코끼리 주파수』에서 펼쳐지는 드라마는 원을 그리면서 전개된다. 시집을 여는 시인 「당신 생각」에서 시인은 "필경에는 하고 넘어가야 하는 얘기가 있다"고 말문을 연다. 그리고 시집을 닫는 시인 「당신이라는 이유」에서 "마치 내 얘기를 들으려는 깃처럼/오히려 가만히 내게로 귀를 대고 있는 빗소리"를 통해 "하나뿐인 심장이 두 사람의 피를 흐르

게 하기 위해서/숨 가쁘게 숨 가쁘게 뛰기 시작하던 그 순
간"이 여기 와 있음을 감지한다. 시인은 꼭 해야만 하는 얘
기가 있다면서 시집을 시작했다. 허나 이 말은 누구에게 하
는 말인가? 청자는 그 시에 등장하지 않는다. 시집의 끝에
와서야 비로소 변신한 '당신'이 등장하여 시인의 목소리에 귀
를 기울인다. 그리하여 시집의 마지막 장면은 시집의 처음
장면과 만난다. 첫 시와 마지막 시 사이에 있는 시편들은,
시인이 말을 들려주려는 '당신'의 부재에서 출발하여 결국
그의 앞에 나타난 당신에게 얘기를 하기 직전까지의 드라
마틱한 도정을 보여준다.

2

이 시집의 드라마는 다음과 같은 상태에 빠져 있는 시인
을 보여주면서 시작된다.

진정 혼자가 된다는 것은 위대한 일이다
무슨 꿈을 꿀지 모른다
차가운 마룻바닥의 어둠속에서
어떤 괴물이 태어날지 모른다
죄수 안에 또다른 죄수가

이제 막 탄생하고 있을지 모른다
내가 외로운 것은 혼자가 되지 못했기 때문이다
내가 지금 이토록 괴로운 이유는
당신을 끝내 그리워하지 못했기 때문이다

                               —「디아스포라」 부분

  보통 그리움이 외로움을 낳는다고 하지만, 이 시인에게
는 그렇지 않다. 그는 "그리워하지 못했기 때문"에 외롭다
고 말한다. 시인의 사전에는 "혼자가 된다는 것"과 외로움
은 유의어가 아니라 반의어다. 그에게 홀로 있다는 것은 누
군가를 그리워한다는 것이며, 누군가를 홀로 그리워할 때
위대한 일을 할 수 있다. "차가운 마룻바닥의 어둠속에" 홀
로 있는 죄수는 누군가를 그리워하기에 어떤 꿈을 꿀 것이
다. 그 꿈은 자신의 내면에서 "어떤 괴물" 혹은 "또다른 죄
수"를 낳을 것이다. 그러나 시인은 지금 "당신을 끝내 그리
워하지 못했기 때문"에 저 죄수처럼 혼자가 되지 못하고 외
로움에 빠져 괴로워한다. 혼자가 된다는 것은 소쩍새의 "울
음이 배어나왔을 저녁 어둠"이 "창밖의 나무옹이 속에 웅
크려 있"는 것과 같을 터, 하지만 "아직 내 마른 묵필은 그
어둠을 가질 수 없었"(「소쩍새는 어디서 우는가」)던 것이다.
이 시집에서 서정적 색채가 짙은 시들에는 이렇게 먹먹한
상황을 절절하게 토로하고 있는 것이 많다.

외롭고 닫힌 상황에 빠져 있는 서정적 주체의 형상은 더 이상 길을 가지 못하고 되돌아오는 모습으로 나타난다. 가령 "눈시울처럼 젖은 돌 틈에 걸려/멀리는 가지 못하고 도로 주저앉아버렸습니다/(…)/언덕 하나 넘지 못하고 돌아오고야 말았습니다"(「개여울」)나 "부족한 나는 그만 제 돌을 다시 이고 내려왔습니다"(「다시 부석사에 가시거든」)와 같은 구절에서 그 형상을 볼 수 있다. 또한 당신과 함께 왔던 고창에 다시 오게 되었으나 "꽃이 피었다고 또 진다고/그 소란스러운 마음도 기억도 내겐 없"기에 "한 백년쯤은 헤아릴 마음으로 다시 돌아"(「백년 동백」)서는 시인의 모습 역시 그러한 형상이다. 시인이 더이상 앞으로 나아가지 못하는 것은 당신과 관련된 기억을 불러일으키는 현장이나 사물로부터 등을 돌릴 수밖에 없기 때문이다. 그리움을 포기한 이에게 그리움을 불러일으키는 것들은 고통만 안겨준다. 그래서 이제 당신과 만났을 때의 그 소란스러운 마음마저도 시인은 기억에서 지워버린다. 사랑과 그리움을 포기한 시인에게 드러나는 세계는, 다음과 같이 개들이 어슬렁거리는 세계다.

옛 그림에서나 잠깐 보았던 무릉을
한 절벽 앞에서 마주친다
그러나 그 무엇이라도 그리워하지 못했으니

이 앞에서 나는 그저

한 걸음조차 뛰어내릴 수 없는

막다른 길일 뿐

나 혼자뿐이라고 생각하자

가파른 절벽처럼 여기서

떨어져 사라져도 좋았을 아찔한 순간들이

주차장 뒤로 사라지고 없다

그 밑에 벌통 몇개 놓여 있다

뭐 먹을 게 없나 하고

커다란 동네 개들이 어슬렁거리고 있다

　　　　　　　　　　　—「절벽은 다른 곳에 있다」 전문

　그리워할 수 있는 사람은 절벽으로 투신할 수 있는 사람이다. 그렇게 해서 혼자가 될 수 있는 사람이다. 하지만 그리움을 감당하지 못하는 사람은 투신할 수 없다. 그래서 그에게 절벽은 "막다른 길"이 된다. 그에게도 절벽에서 뛰어내릴 수 있었던, "떨어져 사라져도 좋았을 아찔한 순간들이" 있었다. 하지만 당신을 잃어버린 지금, 시인은 외롭게 절벽을 뒤로하고 산에서 내려올 수밖에 없다. 그때 그 '아찔한 순간'들은 "주차장 뒤로 사라지고" 그 자리에 있는 건 몇개의 벌통과 "뭐 먹을 게 없나 하고" 그 주위를 어슬렁거리는 개들뿐이다. 시인이 그리움을 포기하고 마주치는 것은 먹을 것을 둘러싼 적나라한 현실이다. 그 현실이 곧 이 시의 제목이 의미하는 "다른 곳에 있"는 절벽일 것이다.

이 개 같은 현실에서 먹이를 찾아야 하는 시인 역시 들개처럼 살아야 할 것이다. 그래서 시인은 "더러운 굶주림을 벗어나지" 못하는 들개를 보면서 "같은 종족을 보는 것은 괴로운 일이다"(「들개」)라고 말한다. 바로 이 지점에서 시인의 시는 현실주의적인 경향을 띤다. 먹이를 두고 개처럼 살아야 하는 현실을 괴롭더라도 똑바로 보려고 하는 것이다. 시인이 "어떤 미친개가 내 안에서 또/더러운 이빨로 생살을 찢고 기어나오는지/나는 두 눈으로 똑바로 봐야 한다"(「권투선수는 이렇게 말했다」)고 말할 때, 바로 그는 들개로 변해야 하는 자신의 내면적 현실을 똑바로 보려는 의지를 표명한 것이다.

그런데 시인이 그 미친개를 똑바로 보려고 하자, 그의 눈에는 "야유와 빈주먹만 날리던 링 밖의 내 얼굴이" 보인다(같은 시). 그 얼굴은 "털 빠진 개들을 물어뜯"으며 "맹렬하게 짖"지만 "그 울음소리는" "세상을 향해 단 한 번이라도 울려퍼진 적"이 없고 고작 "예전에 함께 묶여 있던 동료를/이 잡놈의 새끼들이라고 경멸"할 뿐인 들개(「들개」)의 그것과 같다. 생존을 위해 경쟁해야 하는 이 세계 속에서, 우리 역시 저 들개처럼 그 세계에 대항하지 못하고 고작 동료들에게 제 공격성을 발산하곤 하는 현실을 의식하지 못한 채 살아나간다. 하지만 "문득 겁먹은 한 눈빛과 마주치고 야"마는 순간, 시인은 "무엇이든 벽 앞에만 서면 주먹이 되기도 하고/눈물이 되기도 했던 그 벽"을 떠올린다. 벽의 그늘에 있다는 깨달음은 어떤 기억을 떠올리게 했던 것 같다. 그것은 삶을 가로막고 있는 벽과 싸우고자 했던 기억, 그리고 그 싸움 속에서 흘러야 했던 눈물에 대한 기억이다. 그러나 지금, 너와 나는 벽이 만들어준 그늘에 비굴하게 바짝 붙어서 살고 있을 뿐이다. 현재의 삶이 정열과 비애의 정념을 잃어버리고 벽에 비굴하게 기생하는 삶이라는 이 뼈아픈 성찰은, 저 느닷없이 마주친 타자인 "겁먹은 한 눈빛" 덕분이다. 그 눈빛은 시인이 지금 어느 장소에 서 있는지 알려준다. 그 장소란 바로 모더니티다.

3

악마의 눈물은 타오른다

몸속에서 제 몸을 휘어감은 포도나무넝쿨로 무섭게 타오르던 불길이

눈동자의 검은 물기마저 다 빨아들이고

어느 눈먼 취한 사내가 가파른 골짜기에서 힘겹게 걸어나올 때

이 메마른 모더니티로부터
영영 벗어날 수 없다는 것을 나는 깨닫는다

그 누구도 애써 들여다보지 않는 지난밤의 잃어버린 샘
은빛 사막을 떠돌던 꿈의 망명객이 하나 앉아 있다

두 손 모아 이 고요한 샘물을 떠먹을 수는 없다
물때 낀 눅눅한 벼락이 내리치고
사납게 고여들었다가 이내 잔물결 하나 남기지 않은
채 굳은 입을 다무는 곳
한차례 줄어든 바닥에 겨우 한입 고여 있는 금단의 샘
—「샘」 부분

"이 메마른 모더니티로부터/영영 벗어날 수 없다는" 깨
달음은 "어느 눈먼 취한 사내"의 출현으로 이루어진다. 아
마 그 사내는 물을 찾으러 산속으로 들어갔던 것이 아니었
을까 한다. 하지만 이 메마른 세계는 이제 '지난밤의 샘'을
잃어버렸고, 그래서 "샘물을 떠먹을 수는 없"게 되었다. 그
래서 물을 찾고자 했던 사내는 이 메마른 세계에 좌절하여
술에 취하고 결국 눈이 멀게 된 것 아닐까. 그래서인지 시
인은, 이 사내의 모습을 보고는 현재의 삶에서 모더니티의
사막이 회피할 수 없는 어떤 전제가 되었다는 것을 깨닫는

다. 이 사막에 오직 남아 있는 것은 "검은 물기마저 다 빨아들이"는 "금단의 샘", 악마의 눈동자다. "겨우 한입 고여 있는" 것은, 타오르고 있는 악마의 눈물이다. 타오르는 악마성만이 남아 있는 것이 메마른 모더니티다. 「라 뽀데로싸 1992~」의 구절을 옮기면, "마른 물로 목을 축이던 시대는 지나갔다" "끈적끈적 흘러내리는 악마의 검은 눈물을 태워 쭈욱 길을 긋고 잉크 냄새 채 마르지 않은 지도 위에서" "낯선 짐승"이 태어나는 것이 이 시대다. 이 시에서 시인은 그 모더니티의 세계를 아래와 같이 환상적인 상징을 동원하여 형상화하고 있다.

그래도 가끔씩 검고 길게 끌린 발자국을 남길 때가 있다
길을 재촉하다가 양쪽 귀에 느닷없이 성난 모래폭풍이 밀려들면 딱딱한 길 위에 둥근 속도가 신경질적으로 날카롭게 찢어진다

사막의 도로를 오가던 트럭 운전수들이 야생 낙타를 잡아먹어 멸종 위기에 처했다고
미디어가 버젓이 이 메마른 상징을 모래바람 속으로 실어나른다

모래바람이 종일 눈을 감고 제 울음소리를 발바닥 밑

으로 구겨넣는다

고통은 노예들이 잃어버린 오랜 기억일 뿐이다
—「라 뽀데로싸 1992~」부분

모더니티의 세계는 모래바람이 부는 사막이다. 이 세계에서도 "발자국을 남길 때가 있"으나 느닷없이 닥치는 모래폭풍은 그 남은 발자국이 형성하는 "둥근 속도"를 "날카롭게 찢어"놓는다. '은빛 사막을 떠돌던 꿈의 망명객'인 시인은 야생 낙타를 타고 다니며 발자국을 남긴다(시인의 첫번째와 두번째 시집에 자주 등장하는 상징적 동물이 낙타였다). 하지만 사막을 돌아다니는 트럭은 모래바람을 일으키며 낙타의 발자국—시—을 찢어놓고 야생 낙타들을 잡아먹어버린다. 이제 시인도 은빛 사막을 돌아다닐 수 없게 되었다. 미디어는 이 메마른 소식을 버젓이 모래바람 부는 모더니티의 세계 속으로 전파한다. 그 미디어에 중독된 '노예'들은 고통도 잃어버리고 살아간다.

미디어 자체가 "제 울음소리를 발바닥 밑으로 구겨넣는" 모래바람이기도 하다. 모래바람 부는 모더니티의 세계는 컴퓨터 모니터 안의 인터넷 세상에서도 드러난다. 「모니터」라는 시에서 모니터 속 세상으로 들어간 시인은 "그만 원본을 잃어버리고" "암호화된 나를 더이상 밖으로 내보낼 수 없어서" 그 "모래바다를 채 건너지 못"하고 만다. "창문 밖에는 또다른 빈 화면이 떠 있"는 이 모래바다에 대해, 시인은 "제 목을 칭칭 감은 채 뒤돌아앉아 있다"고 통렬하게 이미지화하고 있다. 시인에 따르면 그 세상에 빠지는 일은 "허공 속에 빠지는 것"과 같다. 비디오 아트 역시 이런 면에서 비판적인 조명을 받는다. 「백남준아트쎈터」에서 비디어 아트는 "유리창 밖에 떨어져 죽어 있는 산새 한 마리"에 대해 어떠한 실제적인 일도 하지 못한다. 그 죽음은 퍼포먼스가 아니기 때문이다. 그 산새를 거두는 사람은 청소부 아줌마다. 비디오는 "바닥에 남은 깃털 하나를" 빈 화면으로 질질 끌고 갈 수 있을 뿐이다.

이러한 알레고리 양식의 모더니티 비판은 자본주의가 양산하는 삶의 양태에까지 확장된다. 「엠 팩토리」는 사람들을 쎄트 메뉴처럼 규격화하는 소비 양태를 꼬집는다. 이 시에서 시인은 '슈퍼싸이징' 메뉴를 파는 패스트푸드점을 '슈퍼싸이징 팩토리'라고 표현한다. 그곳에서는 사람들의 관계까지 쎄트로 만들어낸다. 쎄트 메뉴를 소비하면서 점원 아가씨와 쎄트가 된 시적 화자는 패스트푸드점을 나와 거리의 노동자들처럼 '컨베이어 상점'에 가서 일해야 한다. 그 상점―공장―에서 시적 화자는 이번엔 소비되어야 할 무엇이 될 것이다. 또한 「코끈」에서는 "한 평 조금 넘는" 비좁은 방에서 살아가는 가난한 사람들이 조명된다. 시인은

'고치처럼' 들어앉은 그들이 "대부분 잠업에 종사한다"면서, 그들이 "거미줄 하나 치지 못하는 악몽에 시달"리며 그래서 "기억하지 못할 잠언들이 툭툭 튀어나온다"고 언어유희를 사용하여 말한다. 허나 이 "제 안의 저 밑바닥부터/거품처럼 부글거리는 소리"는 "뽕잎을 스치는 바람결에 흘려"보내질 뿐이다. 그래서 이곳은 "소리의 감옥"이 된다. "직사각형의 작은 방을 관장하는 것은/오로지 자기뿐"인 그곳은 모더니티 사막 속의 적나라한 감옥이며, 그곳에서 사는 '잠업 종사자'들은 모더니티의 바람에 의해 모래처럼 무너지는 사람들이다.

4

저기 또 한 사람이 모래로 무너져내린다

그는 어디를 뒤돌아보았던 것일까

나는 저녁에 누군가 모래로 무너져내리는 것을 보고 있었다 그러자 어느 순간 늑대 발자국을 놓치고 말았다는 것을 알게 되었다

늦대를 따라가다 길을 잃은 것이 아니라 나를 잃어버렸다 몸속에 늑대의 피가 흐른다는 것을 깨달았을 때는 이미 늦었다

검은 휘장 속으로 어떤 한 세계가 사라져버렸다

어둠속으로 모래 한줌 흩뿌려 다시 첫 문장을 받아라

이제 막 피 냄새를 맡은 늑대 한 마리가 느릿느릿 걸어들어간 곳을 나는 본다

늑대가 뒤를 돌아본다

—「늑대가 뒤를 돌아본다」 부분

이 모래바다의 세계에서, 뒤를 돌아보는 사람들은 모래로 무너져내린다. 그런데 시인은 그 무너져내리는 "저기 또한 사람"을 보면서 "어느 순간 늑대 발자국을 놓치고 말았다는 것을", 즉 "나를 잃어버렸다"는 것을 깨닫는다. 그 사람을 통해 시인 자신도 뒤를 돌아보게 되었으며, 그리하여 자신의 "몸속에 늑대의 피가 흐른다는 것"을 새삼 깨달은 것이리라. 하지만 때는 이미 늦었고 "어떤 한 세계", 즉 시의 세계는 "검은 휘장 속으로 사라"지고 말았다. 하지만 시

인은 이제 회한이나 우울에 잠기지 않는다. 그는 모더니티의 자장에서 벗어날 수는 없지만 그 "어둠속에서 모래 한줌 흩뿌"림으로써, 즉 모더니티에 의해 부스러진 삶의 가루들을 붙잡아 허공에 뿌림으로써 새로운 첫 문장을 쓰리라는 의지를 표명한다. 이때 그는 늑대의 야성을 회복할 것이고 잃어버린 늑대는 다시 뒤를 돌아볼 것이다.

하지만 새로운 첫 문장을 어떻게 쓸 수 있을 것인가? 「내가 살아온 것처럼 한 문장을 쓰다」에서 시인은, 당신이 "외로웠구나 그렇게 한마디 물어봐줬다면" "첫 문장을 받았을 것"이고, "아프냐고 물어봐줬다면" "당신에게서 처음이었던 나를 완성했을 것"이라고 말한다. 그리고 "그것만으로도 나는 붉은 먼지로 돌아갈 수 있었을 것"이라고도 말한다. 시인에게 완성이란 붉은 먼지로 돌아가는 일이다. 그러기 위해선 혼자서 애벌레처럼 "제 몸을 사각사각 먹어치우"든가 지렁이처럼 "진흙 먹은 울음소리로 자기를 뚫고 가"야 한다. 즉 스스로 자신의 삶을 뚫고 지나갈 때에만 새로운 문장을 쓸 수 있는 것이다. 그래야만 자신의 의지를 잃어버리지 않고 모래가 되어버린 삶을 붙잡을 수 있을 테니 말이다.

그래서 시인은 "길바닥에 한줌 흰 재가 되어 흩날"릴 때까지 "내 몸을 자꾸만 씹어 삼키고만 있"는, "내 혀를 씹어서 뱉어낸 것"과 같은 "한 마리 진흙덩이 뱀"(「진흙구렁이」)

에 대해 쓴다. 그 뱀은 자신의 존재를 진흙이 되도록 씹어 삼킨다. 당신에게 하고 싶은 말—혀— 역시 진흙이 되도록 씹는다. 그래서 그것을 몸 밖으로 뱉어낼 때 진흙덩이 뱀은 탄생할 테다. 씹고 뱉어낸 혀인 그 진흙덩이 뱀이 바로 시인이 '당신'에게 해야 할 첫 '말'이자 '문장'이 아니겠는가. 진흙덩이 뱀으로 변신중인 그 뱀은 바로 시인 내면에 꿈틀대고 있는 말이다. 그래서 그 뱀 같은 말은 다음과 같은 속성을 가진다.

갓 태어난 짐승의 비린내가 났다
젖은 혓바닥이 내 마른 얼굴을 핥고 갔다
속엣말을 나도 모르게 꺼낼 뻔했다
한마디로 딱 잘라버릴 수 있는
그런 말이 아니었다
진흙구덩이 속에서 참으로 느리게 머뭇머뭇
기어나올 말이었다

(…)

먼 눈빛 속에서 별들은 무엇인가를 놓치지 않으려고
세 속으로 난단히 박혀 있었다
오래된 벽이 하나 있었다

남은 힘을 다해 붉은 녹물을 흘리고 있었다

—「어제는 지나가지 않았다」 부분

시인 내면에서 꿈틀거리는 말은 모더니티의 바람에 말라
버린 그의 "얼굴을 핥고" 바깥으로 나오려고 한다. 그 말은
씹어먹은 자신의 존재를 내뱉으며 태어난 진흙덩이 뱀과
같아서 "진흙구덩이 속에서 참으로 느리게 머뭇머뭇/기어
나올" 것이며 "갓 태어난 짐승의 비린내가" 날 것이다. 그
리움을 포기하고 기억을 저버렸던 시인에게 이런 일이 어
떻게 가능한 것일까? "먼 눈빛 속에" 있는 하늘 저편에 마
치 "무엇인가를 놓치지 않으려고/제 속으로 단단히 박혀
있"는 별들처럼, 시인이 기억들의 범람을 막기 위해 세운
벽에 말들이 박혀 있었기 때문이다. 이 말들은 이제 뽑히기
위해 "남은 힘을 다해 붉은 녹물을 흘리"면서 진흙덩이 뱀
처럼 꿈틀대고 있다.

5

이리하여 시인은 당신에게 해야 할 첫 말을 다시 얻을 수
있게 되었다. 허나 예전에 사라진 당신은 여기에 없다. 자신
의 말을 당신에게 전하기 위해선 잃어버린 당신을 찾아야

한다. 당신이 보이지 않으니 당신의 말이라도 들어서 찾아야 한다. 하지만 사라져버린 당신의 말을 어떻게 듣는다는 말인가? 코끼리처럼 들을 줄 알게 된다면 당신의 말을 알아들을 수 있을 테다.

말라죽은 아카시아나무숲과 흰 구름 너머
수 킬로미터 떨어진 또다른 무리와
젊은 수컷들을 찾아서
코끼리들은 멀리 울음소리를 낸다
팽팽한 공기 속으로 더욱 멀리 울려퍼지는 말들

(…)

얼마나 멀리 떨어져 있었으면 오래고 오래되었으면
그 부르는 소리마저 이젠 들리지 않게 된 걸까
나무껍질과 마른 덤불로 몇해를 살아온 나는
그래도 여전히 귀가 작고 딱딱하지만
들을 수 없는 말들은 먼저 몸으로 받아야 한다는 걸
몸으로 울리는 누군가의 떨림을
내 몸으로서만 받아야 한다는 걸 알게 되었다
저물녘이면 마른 바닥에 먼 발걸음 소리 울려온다
　　　　　　　　　　　　　　　　—「코끼리 주파수」부분

코끼리가 "수 킬로미터 떨어진" 다른 코끼리를 울음소리로 찾을 수 있듯이, 시인도 메마른 모더니티를 넘어 사라진 당신의 목소리를 들을 수 있길 원한다. "팽팽한 공기 속으로" 멀리 퍼져나간 울음소리도 미세한 떨림을 통해 감지할 수 있는 코끼리의 대화는 상대방의 소리를 귀로 듣는다기보다는 차라리 몸으로 받아내면서 이루어진다고 할 수 있다. 오래도록 멀리 떨어져 있었던 당신의 말을 듣고자 욕망하는 시인은, 그러기 위해선 그 말들을 "누군가의 떨림"으로서 "내 몸으로서만 받아야 한다는 걸 알게" 된다.

이러한 능력을 갖추기 위해서는 나무가 하는 말도 들을 수 있어야 할 것이다. "가을 다 지나고도 좀체/낙엽을 떨어뜨릴 줄" 모르는 참나무의, "요란스레 부스럭거리는 발소리가 아니라/제 한몸으로 붙들고 있는 어떤/말들을 들어야"(「외투」) 하는 것이다. 그런데 어떻게 그 들리지 않는 말들을 들을 수 있단 말인가? 그것은 겨울이 되어도 나뭇잎을 포기하지 않는 참나무의 간절한 사랑을, 사랑을 몸으로 붙들고 있는 그 그리움을 시인이 다시 가질 수 있을 때 가능할지 모른다. 그래서 시인은 "의자에 앉아서 의자가 되어갈 것이라"면서 "누군가를 기다"(「의자」)려 보는 것일 터, 그러자 갈참나무들이 정말 "늦게까지 함께 서 있어"주는 것이다. 그때 "작은 물결에 빗방울 젖어드는 소리/먼 귀를 열어

돌멩이를 하나 꺼"(같은 시)낸다. 그리하여 우리는 이 글의
서두에서 언급한 이 시집의 마지막 시 「당신이라는 이유」
에 다시 다다르게 된다.

> 창문 가까이 빗소리를 듣는다
> 누가 이렇게 헤어질 줄을 모르고
> 며칠째 머뭇거리고만 있는지
> 대체 무슨 얘길 나누는지 멀리 귀를 대어보지만
> 마치 내 얘기를 들으려는 것처럼
> 오히려 가만히 내게로 귀를 대고 있는 빗소리
> 발끝까지 멀리서 돌아온
> 따뜻한 체온처럼 숨결처럼
> 하나뿐인 심장이 두 사람의 피를 흐르게 하기 위해서
> 숨 가쁘게 숨 가쁘게 뛰기 시작하던 그 순간처럼
>
> —「당신이라는 이유」 부분

'빗방울 젖어드는 소리'를 통해 귀가 열린 시인은 이제
빗소리의 미세한 움직임까지 들을 수 있게 된다. 그래서 시
인은 "빗소리"가 "헤어질 줄을 모르고/며칠째 머뭇거리"
는 움직임까지 듣는다. 그런데 "무슨 얘길 나누는지 멀리
귀를 대어보"자 시인은 잃어버렸던 당신이 빗소리로 변신
하여 자신이 하고자 하는 말을 들으려고 그에게 귀를 기울

131

이고 있다는 것을 감지하게 된다. 그리고 서로 귀를 기울이고 있는 이 상황이 바로 "하나뿐인 심장이 두 사람의 피를 흐르게" 했던 순간과 같음을 시인은 "숨 가쁘게" 인지한다. 이제 재회는 이루어졌고, 시집은 당신에게 해야 할 말을 담을 차례에 도달했다. 그리하여 시집의 드라마는 새로운 차원으로 열린다. 허나 동시에 시집은 막을 내리고, 그래서 그 말은 시집 너머에서 발설될 수밖에 없다. 시인 대신 독자들이 당신에게 해야 할 말을 전달하여야 하는 것이다.

李城赫 | 문학평론가

저녁 어둠 뒤에서 세찬 바람이 불어오자 개는 앞발로 툭
툭 건드려본다. 아무리 물어뜯어도 마른 뼛조각 하나 잡히
는 게 없다. 어디선가 마주쳤을 이 어둠이 좀체 낯설기만
하다. 그럴수록 개는 더 맹렬하게 짖어댄다. 그 푸른 소용돌
이가 대체 무엇이었는지 어느것도 떠오르는 게 없다. 뭔가
넘어지고 부러지고 할퀴는 소리가 온 세상을 뜯어내던 밤
이 지나갔다. 삶이라는 게 이처럼 허술한 것이라고 생각했
다. 입술만 까맣게 타들어간 대추알처럼 소란스러움도 고
요함도 아직 다 헤어나지 못한 뒷모습뿐이겠지. 지난날들
은 그래서 안타까움도 모르고 숨이 차올랐던가. 나뭇잎들
이 밤새 사나운 싸움을 한 듯이 찢겨져 있다. 길 위에 나무
들이 부러진 굵은 가지를 붙들고서 마른 속살을 드러낸 채
힘겹게 서 있다. 나는 지난날의 섣부른 생각을 후회한다. 그
러자 어느 한때 사나웠던 시간처럼 나는 다시 아파오기 시

작한다. 먼지가 되지 않으려고, 마른 진흙이 되어 모래가 되어 흩날리지 않으려고, 쩍쩍 갈라터지지 않으려고, 나의 시간은 사라져만 가고 있다.

당신도 나에게서 돌처럼 굳어질 것인가.

2011년 2월

그리운 곳에서, 김태형

창비시선 327

코끼리 주파수

초판 1쇄 발행／2011년 2월 10일

지은이／김태형
펴낸이／고세현
책임편집／한진금
펴낸곳／(주)창비
등록／1986년 8월 5일 제85호
주소／413-756 경기도 파주시 교하읍 문발리 513-11
전화／031-955-3333
팩시밀리／영업 031-955-3399 편집 031-955-3400
홈페이지／www.changbi.com
전자우편／literat@changbi.com
인쇄／한교원색

ⓒ 김태형 2011
ISBN 978-89-364-2327-8 03810

＊ 이 책은 한국문화예술위원회의 2008년도 문예진흥기금을 받아 발간되었습니다.
＊ 이 책 내용의 전부 또는 일부를 재사용하려면
   반드시 저작권자와 창비 양측의 동의를 받아야 합니다.
＊ 책값은 뒤표지에 표시되어 있습니다.